D0909881

Loi 49-956 du 16 juillet 1949 sur les publications destinées à la jeunesse

Titre original : Gift Horse : a Lakota Story

première publication, Harry N. Abrams, Incorporated, New York, 1999

ISBN 2-7320-3607-2
Imprimé à Hong Kong

Nuage-Volant

écrit et illustré par S. D. Nelson

Éditions du Sorbier

Venu du plus lointain de mon enfance,
j'entends parfois le hennissement d'un cheval...
Un cheval que m'avait offert mon père.

« Mon fils, me dit-il, voici le cheval d'un jeune garçon
qui deviendra un jour un homme... et un guerrier lakota. »
En s'approchant de moi, le cheval hennit doucement et frappa
le sol de ses sabots. Il secoua sa crinière et pointa les oreilles
vers le ciel. Sa robe était d'un beau gris bleu, comme celui
du ciel un jour d'orage, et son dos parsemé de petites taches
blanches, faisait penser à une tempête de grêle.

Wakan-Tanka, le Grand Esprit qui est en toute chose, l'avait ainsi créé. Je l'appelai Tempête. Je peignis des éclairs jaunes sur son encolure et ornai sa croupe de l'empreinte rouge de ma main. Je cernai ensuite ses yeux de rouge pour qu'il ait une vue perçante, et fixai des plumes d'aigle dans sa crinière chatoyante.

Nous devînmes inséparables.
J'étais déjà bon cavalier, mais, avec Tempête, je traversai la vaste prairie comme le vent, sous le bleu infini du ciel.
Les gens disaient que la poussière que nous soulevions ressemblait à un nuage volant.
C'est ainsi que l'on m'appela Nuage-Volant.

Je passais des journées entières à cheval, à jouer
avec les garçons de la tribu. Nous nous mesurions au tir à l'arc,
ou dans de farouches corps à corps. Nous tombions souvent
de cheval, mais je remontais toujours sur Tempête.
Ce qui ne paraissait qu'un jeu était un véritable entraînement.
Un jour, nous serions des guerriers lakota
qui défendraient leur peuple contre l'ennemi.
Il nous faudrait aussi devenir des chasseurs adroits.
Pendant le long et rigoureux hiver, la tribu pouvait mourir
de faim si nous ne rapportions pas de bisons.

Un matin, très tôt, je me faufilai hors du tipi familial et quittai le campement à cheval. Je savais que je n'avais pas le droit de partir mais je voulais prouver que j'étais aussi bon chasseur qu'un homme. Tout d'abord, je n'eus aucun mal à suivre des empreintes de daim dans la neige. Mais le vent du nord se mit à souffler et je dus mettre pied à terre pour suivre les traces. Trois daims surgirent devant moi. Je décochai une flèche, mais mes doigts étaient si raides que je les manquai. Une bourrasque de neige terrible s'abattit sur la prairie. Tempête hennit en me poussant du naseau. Je vis dans ses yeux quelque chose de nouveau : la peur.

Malgré mes doigts engourdis par le froid, je réussis à remonter sur Tempête. La neige tombait si dru que je distinguais à peine la main avec laquelle je me protégeais le visage.
« Nous sommes perdus ! » m'écriai-je. Je serrai mes bras autour de l'encolure de mon cheval. Il était chaud comme l'intérieur de mon tipi. « Tempête, ramène-nous au campement ! » criai-je. Nous progressions péniblement dans le blizzard, longtemps, très longtemps. Il faisait sombre et froid. Je commençais à perdre courage quand, soudain, Tempête s'arrêta.
Devant nous se dressait notre tipi ! Tempête avait retrouvé le chemin. Il m'avait sauvé la vie.

Cette mésaventure m'apprit à réfléchir avant d'agir.
« Tu es en train de devenir un homme, me dit ma mère,
et tu seras bientôt prêt à porter la tunique des guerriers lakota. »
Elle promit de m'en confectionner une, ornée de broderies
de perles et de piquants de porc-épic. Mais il me faudrait lui
procurer les piquants ! Je chassai pendant de longues journées
avant de trouver un porc-épic, hérissé de piquants aussi
magnifiques que menaçants. J'aurais pu le tuer d'une flèche,
mais je n'avais besoin que de quelques piquants.
Je jetai une couverture sur son dos, et quand je la retirai,
une forêt de piquants s'était plantée dans l'étoffe.

Dans notre tribu, les femmes et les jeunes filles tannaient
les peaux des animaux tués à la chasse et les cousaient
pour en faire des vêtements ou des couvertures pour les tipis.
Dès les premiers bourgeons, ma mère et ma sœur
commencèrent à tailler ma tunique de guerrier
dans une fine peau d'antilope,
puis elles l'ornèrent avec des perles
et les piquants de porc-épic.

Au printemps, mon père m'emmena sous le tipi sacré
pour me préparer à devenir un guerrier. Je pris place
dans le cercle avec les hommes de la tribu.
De grosses pierres qui avaient été chauffées
furent déposées dans un trou au centre du tipi.
Une peau de bison fermait l'entrée, nous étions
plongés dans l'obscurité. Avec une carapace
de tortue, Vieil Ours Jaune, le sorcier
de notre tribu, versa de l'eau sur les pierres
brûlantes qui chuintèrent. Le tipi s'emplit de vapeur.
Les hommes entonnèrent des chants anciens
que je n'avais jamais entendus. Il faisait si chaud
que la sueur perlait sur tout mon corps.
Je me sentais magnifiquement propre.
« Tu es prêt à partir pour un voyage initiatique
- la Quête d'une Vision, »
me dit alors Vieil Ours Jaune.

Je passai quatre jours sur une colline éloignée, quatre jours
à prier, seul, sans eau et sans nourriture. Je dormais
sous les étoiles et souffrais de la faim et de la soif.
Tempête me manquait. Je priais chaque jour Père-Soleil,
Sœur-Lune et le Peuple des étoiles. J'implorais Wakan-Tanka
de faire de moi un homme fort et bon. J'eus une vision au cours
de la troisième nuit : toutes les créatures à quatre pattes,
comme le daim, le coyote et le bison étaient mes frères.
Toutes les créatures ailées, comme le faucon et le colibri étaient
mes soeurs, et les animaux rampants comme le lézard,
et même l'araignée, étaient mes semblables.
Tandis que nous, les humains, dansions avec toutes
ces créatures la grande ronde de la vie.
Le moment était venu de retourner au village.
Ma Quête d'une Vision était terminée. J'avais franchi
une nouvelle étape dans ma vie. Mais je n'avais toujours pas
acquis le droit de porter la tunique de guerrier lakota.

Il y avait dans la prairie autant de bisons que de feuilles
sur un arbre. « Il n'y a pas honneur plus grand que de ramener
de la viande et des peaux de bison pour notre peuple »
me dit mon père. Le temps était venu pour moi de me joindre
aux chasseurs de la tribu. Je me souviens encore comme la terre
tremblait sous le martèlement des sabots. Je sentais la peur
et l'excitation dans mes veines. Tempête galopa un moment
à côté d'un énorme bison. Je décochai alors mes flèches
qui se plantèrent droit dans sa toison.

Juste devant moi, un énorme bison souleva un cheval
et son cavalier dans les airs et les jeta sur le sol.
Le cheval effrayé prit la fuite, et je sus que le bison en colère
chargerait l'homme sans défense. Je sautai sur Tempête
et me ruai à son secours. M'agrippant d'une main à l'encolure
de mon cheval, je saisis le chasseur, et, réunissant toutes
mes forces, le hissai derrière moi pour le porter en lieu sûr.

J'avais tué mon premier bison ! J'étais si fier que je hurlai
comme un loup. Je posai le genou à terre devant mon frère
le bison et le remerciai d'avoir donné sa vie
pour que mon peuple ait de quoi manger. Je le remerciai
pour sa peau et lui dit qu'elle ferait de magnifiques vêtements
qui nous tiendraient chaud en hiver.

La viande fut découpée et enveloppée dans les peaux de bison.
Hommes, femmes, enfants,... tous se mirent au travail.
Sur le chemin du retour mon peuple entonna un chant
qui racontait les aventures d'un cheval, Tempête, et d'un jeune
garçon, Nuage-Volant, qui avaient sauvé un guerrier des sabots
d'un bison furieux. "Tu t'es montré courageux et tu n'es plus
un enfant, mais pas encore un homme, me dit mon père.
Pour cela il te faudra encore affronter l'ennemi avec le courage
du guerrier." Cette nuit-là, il y eut une grande fête
et l'on accomplit la danse du bison.

Beaucoup de tribus vivaient dans les Grandes Prairies.
Certaines étaient nos amies, comme les Cheyennes, d'autres,
comme les Corbeaux, étaient nos ennemies. Un matin à l'aube,
des guerriers Corbeaux attaquèrent notre campement.
Je fus réveillé par les cris et le martèlement des sabots.
La plupart de nos chevaux avaient été volés.
Ce matin-là, quand le soleil se leva, des larmes de colère
emplissaient mes yeux. Comment avaient-ils osé
voler mon précieux Tempête ?

Mais nous allions nous venger ! Non seulement nous irions récupérer tous nos chevaux, mais nous en volerions aux Corbeaux autant que nous le pourrions. Nous suivîmes à pied les traces laissées par nos propres chevaux. J'implorai Wakan-Tanka de me rendre Tempête sain et sauf.

Quelques jours plus tard, nous arrivâmes au campement des Corbeaux. Le ciel se couvrit et un violent orage éclata. J'eus peur que cette tempête ne nous empêchât de reprendre nos chevaux, mais je pensai à Tempête et sus vite que Wakan-Tanka m'avait entendu. Les esprits de l'orage faisaient résonner leurs tambours au-dessus de nos têtes et jetaient des flèches enflammées sur la terre. Nous étions trempés jusqu'aux os mais nous pûmes nous glisser jusqu'à l'ennemi.

Le vent d'ouest mugissait dans la cime des arbres
alors que nous approchions de nos chevaux.
Les guerriers de ma tribu foncèrent pour les délivrer.
La grêle me brûlait le visage et les épaules.
Des éclairs illuminaient la plaine comme en plein jour.
Je vis Tempête à côté d'un guerrier Corbeau !
L'orage se déchaîna. Je priai pour me donner
du courage et fondis sur Tempête. Profitant
d'un éclair, je jetai à terre le guerrier et sautai
sur le dos de Tempête. Agrippé à sa crinière,
je disparus dans la nuit. Une flèche siffla
à mon oreille, mais je ne me retournai pas.
Jappant comme un coyote, j'aidai les miens
à rabattre la horde de chevaux vers notre campement.
Ce fut une grande victoire pour nous.

C'est à notre retour que me fut donnée la tunique de guerrier lakota. A ma grande surprise, ma mère et ma sœur en avaient orné le plastron d'un assemblage de piquants représentant mon meilleur ami Tempête. Les années qui suivirent, Tempête et moi partageâmes bien d'autres aventures. Trop nombreuses pour les raconter ici. C'est sur le dos de mon cheval que je passai de l'enfance à l'âge adulte.

Je n'oublierai jamais ce cheval à la crinière ornée de plumes d'aigle, avec, sur la croupe l'empreinte rouge de ma main d'enfant. Je nous vois encore, tous deux, traverser la prairie infinie de mon enfance comme une tempête de grêle et un nuage volant.

Note de l'auteur

Nuage-Volant, mon arrière-arrière-grand-père, était un guerrier lakota. Je suis moi-même membre de la tribu sioux de Standing Rock, dans le Dakota. Cette histoire se déroule chez les descendants des Indiens lakota. Je me suis souvent demandé ce qu'avait été l'enfance de Nuage-Volant, et comment il avait grandi. C'est ce qui m'a amené à écrire ce récit. Quand j'étais enfant, ma mère, Christine-Elk Tooth Woman (Femme de Dent d'Elan), me parlait souvent de ses ancêtres. Et, bien sûr, de Nuage-Volant.

Les Indiens lakota sont aussi appelés Sioux. Dans son sens le plus péjoratif, ce nom qui leur fut donné par leurs ennemis, les Ojibwa (Chippewa), signifie "petits serpents". De nos jours, les Sioux symbolisent la race fière des Indiens des Grandes Prairies qui vivent encore dans le Dakota.

Aux XVIIIe et XIXe siècles, les Lakota vivaient dans les Grandes Prairies qui forment maintenant la partie centrale des Etats-Unis. Excellents cavaliers, ils migraient avec les troupeaux de bisons qui leur procuraient nourriture et vêtements ainsi que les peaux de leurs tipis. Ils se considéraient comme partie intégrante de la nature et vivaient sous la protection avisée du Grand Esprit, Wakan-Tanka, la force vitale qui se trouve en toute chose. Les Lakota vivaient au rythme des saisons, en parfaite harmonie avec toutes les créatures et les éléments les plus divers de leur environnement.

Pour les Lakota, le cheval était un animal sacré et l'un des plus beaux présents que l'on puisse faire. Les Lakota ornaient leurs chevaux et leur propre corps de peintures qui symbolisaient leur lien avec la nature. Certains de ces symboles leur conféraient puissance, protection et pouvoirs surnaturels. La foudre représentait la "puissance à l'état pur". Le soleil levant, était représenté par du rouge, et la libellule et le lézard symbolisaient les créatures difficiles à chasser. Hommes et chevaux avaient des plumes d'aigle sur la tête qui leur conféraient la force de ces "oiseaux vifs comme l'éclair". De même, un guerrier portait une coiffe faite de cornes de bison sur une peau de loup pour s'approprier les qualités de ces animaux.

Entre treize et seize ans, les jeunes garçons étaient soumis à une succession de rites qui marquaient leur passage à l'âge adulte et les préparaient à leur futur rôle au sein de la tribu.

Afin de devenir guerrier, un jeune homme devait au moins posséder un bon cheval, un arc et des flèches, un bouclier et une belle tunique. Mais c'est surtout de courage qu'il avait besoin. Il acquérait le statut de guerrier lorsqu'il avait réussi avec courage à vaincre un ennemi. Il lui fallait entrer en contact et combattre l'ennemi avec son arc ou même à mains nues. Il s'agissait moins de blesser l'ennemi que de vaincre et de repartir sain et sauf.

Les choses ont bien changé depuis l'époque de Nuage-Volant. Lakota et Crow ont fait la paix. Leurs guerriers, dont on apprécie maintenant autant les paroles que les actes, se flattent d'estimer leurs frères humains et les animaux sauvages.

Le style de mes illustrations, et la technique de la peinture acrylique sur bois, sont directement influencés par le grand livre de dessins des Indiens de la Prairie (1865-1935). Mon pinceau fut guidé par Wakan-Tanka, le Grand Esprit, afin que ma peinture puisse vous faire partager ma vision.

Je souhaiterais remercier ma femme, Karen, d'avoir choisi de danser avec moi la grande ronde de la vie. Je suis à jamais reconnaissant envers ceux qui ont conservé le bain de vapeur, ainsi qu'envers les danseurs du Soleil, oncle Alan, Dicky, et Lindy qui me montrèrent comment marcher sur le sentier du guerrier.
Je remercie aussi Rudy Rãmos qui me permit de faire connaissance avec l'art de mes ancêtres. Je voudrais enfin manifester ma gratitude envers ma principale source d'information, Colin F. Taylor, pour ses importantes recherches sur les Indiens de la Prairie.